セックス・アドバイザーが届ける

幸せ夫婦の
セックスライフ

医学博士
竹中倭夫
TAKENAKA Shizuo

JN106944

文芸社

● 目 次 ●

1 人生は宝さがし

　人生には仕事、生活、性愛の三大課題がある。

　仕事は好きでも嫌いでも世のため、人のため。生活は家族のため、同時に自分のため。セックスはまず相手のため、そしてそれが自分のため、それがまた相手のためとなる。

　それぞれの最高到達点は、

- 仕事では感動　　　Shigoto
- 生活では満足　　　Seikatsu
- セックスでは恍惚　Sex

である。

　以上を人生最大の教義『3S ドクトリン』と名付ける。

　これらは独立しているが、また互いに深く関連し合っている。

この三つの基には「先々にまで届く深い思いやりの心」が必要であるが、それだけではまだ【愛】とは言えない。

　人生は「宝さがし」の長い長い旅である。感動の宝、満足の宝、恍惚の宝、それに子宝、地球の宝。これらは欲得ではない真心、魂の所産である。

2　生涯夫婦性愛：一夫一婦制

　最近の人類史によると、440万年前、アフリカの疎林に住んでいた私たちの遠い祖先であるアルディピテクス・ラミダスは、オスとメスが一対一のツガイで、メスが沢山の子を産み、決まったオスが二足歩行で遠くまで行って食糧の果物を両腕に抱えて、決まったメスとその子に届ける「家族」を作っていたという。

　370万年前の次の初期人類のアウストラロピテクス・アファレンシスの足跡化石には、複数の家族が同じ方向へ歩いていた。

　私たちの祖先は原始の昔から、オス同士が争うポリガミー（多婚）でなくモノガミー（単婚）を基礎とし、オスの争いのエネルギーを子育てに使い、複数の家族が協力的社会関係を結ぶことで、厳しい環境を乗り越えて絶滅から逃れてきた。

現在の人類はその遺伝子を受け継いでいて、同じカップルが生涯かけて一段一段積み上げるセックススタイルが基本で、刹那的セックスより深い絆によって性愛の深奥を極めることが出来るのである。

3 人間の性欲

『ヒト』の性欲は異性の肌に触れたいという願望から始まり、年齢とともに性行為へ発達して本来の生殖に向かうが、大脳進化の結果、「性の快楽化」が生殖行為を超えて独立した欲望となり、カップルの絆を深くする強力な接着剤となっている。

○男性の性欲

挿入欲、射精欲のほか、被圧迫補足欲、被摩擦欲、舐めたい舐められたい欲、のぞき見欲、耽美欲、さらに女性を喜ばせたい欲、女性に絶頂感（アクメ）を味わわせたい欲などがある。

○女性の性欲

被挿入欲、被膣壁摩擦欲、突き上げられたい欲のほか、やさしく触れられたい、とくに外陰部の

被愛撫欲などであるが、一番強いのは絶頂感（イキたい）欲である。

　男性は色情発露が直線的だが、女性は相手に対する愛情や心理的快感などで準備状態にあるか、快い前戯などに導かれて色情が呼び起こされる。

4 夫婦性愛で大切なこと

　性愛そのものが価値の一つで、何物にも代えられないという価値観を共有する。

　平等、相互信頼、相互尊重し、かりにも相手の性器をけなしたりしない。

　互いに素直に自分をさらけだすこと。相手を思いやるあまり、本当はよくないのに気持ちいいと告げるなどしない。

　また、日頃から性器を清潔にしておく。

　糖尿病、高血圧、うつ病などは性欲を減退させる。生活習慣病などに気を付けること。

　或る新婚夫婦は二人でAVを見て、AVのようにセックスして「快調です」と言っていたが、それは長距離マラソンでスタートダッシュするようなもので、途中棄権になってセックスレス夫婦になってしまうだろう。

長い人生、40年、50年と歳月をかけてゆっくり高みを目指しましょう。

　人には個性がある。肉体的、心理的感情など、自分と相手の個性を理解し合い、協力してセックスライフを磨きましょう。

5　用語の説明

リビドー：性的衝動

コイツス：性交行為

交接：ペニスを膣に挿入した状態

破瓜：女性の初交接。処女膜を破ること

ペニス：陰茎、男根。とくに勃起状態のペニス
　　　　をファルスと記す

クリトリス：陰核。とくに興奮状態の陰核をク
　　　　　　リスと記す

ヴァギナ：膣

ポルチオ：子宮膣部

アクメ：性的絶頂快感、オルガスム

Gスポット：膣前壁3〜4cmにある性感ポイン
　　　　　　ト

ピストン運動：挿入して膣壁とファルスとを擦
　　　　　　　り合う運動

抽送運動：ピストン運動に数回出し入れを加える
る

舟漕ぎ運動：挿入し外陰を擦り上げる運動

オーラル・セックス：口や舌での性行為

フェラチオ：女性が男性器を舐めること

サッキング：性器に口を当てて吸い込む。とくに男性が陰核や陰唇を啜ること

クンニリングス：男性が女性器を舐める

オナニー：マスタベイション、自慰行為

アナル：肛門

6　男性性器

【陰茎】

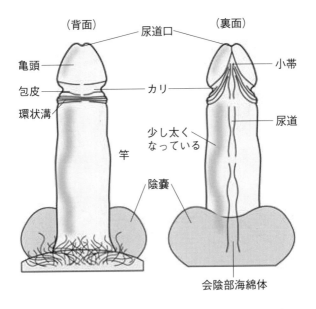

（背面）　　尿道口　　（裏面）

亀頭　　　　　　　　　　　　小帯

包皮　　　　　　カリ

環状溝

少し太く　　　　　　　尿道
なっている

竿

陰嚢

会陰部海綿体

　勃起時、会陰部海綿体も充血しているのを確認
すること。

7 女性性器

【外部】

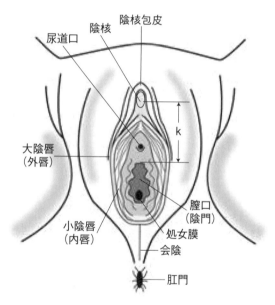

k＝陰核と膣口との距離を把握しておく

（夫は自分の指の節で測るとよい）

【内部】

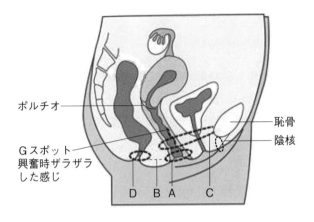

A：膣口周囲の環状筋（陰門収縮筋）

B：AとDを結ぶ筋線維

C：膣を囲む筋束（挙膣筋）

D：肛門収縮筋

　これらは随意筋で訓練すれば（育てれば）、自分の意志でよりよく動かせる。

8　人間の性反応

　男性の発情は能動的で、性感覚は単純でペニス全体の総合的快感である。

　女性の性感は外部の乳房などの発情帯からやがて陰核や陰唇に移り、破瓜以後、膣から子宮膣部の性感となってゆく。

　また、女性の性感は生理的よりむしろ心理的と言われている。

　初交で快感を感じた女性は約12％で、生理的には初めて味わう膣への侵入感や処女膜の破砕（疼痛感）を伴って不快と感じる方が当然なのだが、パートナーを熱愛しているとか、性欲の興奮のためとかで異物感や疼痛を超えて心理的悦楽を感じるという。

　女性の性感は破瓜以後、性交経験を重ねることで次第に外陰部からヴァギナへ移り、ポルチオの

快感を会得出来るようになって完成する。

　それには一夫一妻のたゆまない努力の積み重ね
が必要なのである。

9　女性の極致

女性のアクメには、三つの型がある。

◯陰核

　陰核は最も敏感な性感部であるが、陰唇と同じ陰部神経支配で、興奮が高まると大陰唇は膨らんで開き、小陰唇も脹れて充血し色が濃くなる。陰核は勃起し、上下に痙攣する。

◯Gスポット

　下下腹神経が分布していて、絶頂快感は腰から下半身へ広がってゆく。

◯ポルチオ

　ファルスの直接刺激によって興奮し、アクメ時は子宮口がイソギンチャクのように広がり精液を

吸い込もうとする。

　また、脳から直接に分布する迷走神経支配のため、全身に広がる快感となる。

　女性が本当に深いアクメに達した時、膣壁の波状痙攣（みみず千匹、さざ波）が起こったり、心理的に脳内でお花畑を見ることがある。

10　コイツスの進め方

▽前戯

　女性の色情誘発には必要であるが、日常的制約の多い中では、AVや指南書に書いてある全身の性感帯愛撫はオーバーで、妻には面倒くさいと思われる恐れもあり、ほどほどにして、コイツスの真髄であるファルスとヴァギナの肉体会話を大切にしたい。

▽クリス刺激

　非常に敏感なので、指や舌での愛撫の加減が分からないうちは、ファルスでの愛撫が望ましい。この際には濡れている必要がある。女性の愛汁分泌は心理的悦楽（嬉しいという気持ち）によるので、褒め言葉が好ましい。

▽挿入のタイミング

　夫婦では妻が「入れて」と告げればよい。

▽挿入時の運動

　ピストン運動だけでなく、抽送運動、さらに舟漕ぎ運動も試みる。

▽プラトー期

　前戯よりこちらに時間、勢力を注ぎたい。

▽アクメ

　毎回イクことはない。

11 快感曲線

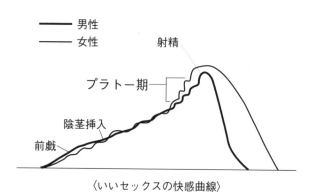

〈いいセックスの快感曲線〉

　男性の性的興奮は短時間でプラトー期に入り間もなく射精という生理現象による絶頂期で迎え、２〜３分で消退してゆく。

　一度射精すると性欲そのものが急速に衰退してしまうことが多い。女性はこのことを理解して、射精のあと、女性の望みに付き合うのは男性の深い愛情であると感謝する。

女性の場合は休止期からほどよい前戯によって徐々に興奮期を経て男性より遅れてプラトー期に入り、その上昇は男性よりも右肩上がりにアクメに達する。そしてゆっくり下降して休止期に戻るが、30分ほどかかることも珍しくない。

12 連続アクメ

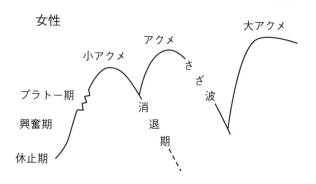

女性

大アクメ

アクメ

小アクメ

さ ざ 波

プラトー期

消

退

期

興奮期

休止期

　女性は１回のセックスで２回も３回もイクこと
が出来る。

　しかも１回目は６合目か８合目の小発作（ここ
では小アクメ）とされ、２回目、３回目と連続し
て訪れると、真の絶頂満足に達し大発作（大アク
メ）と呼ばれる女性の恍惚である。

　これには男性の深い思いやりに基づくテクニッ
クに支えられ、女性自身の協力が必要で、２回目

や3回目のアクメで、いわゆる「みみず千匹」
（さざ波）が現れてくる。それに続く射精と女性
の最後のアクメが起こると、共に恍惚の喜悦をさ
迷うことが出来る。

13　オーラル・セックス

相手の性器をリックアップする（舐める）のは自然のことで、相手を大切に思っている証拠であり、深い愛情を実感し合う行為である。

女性は最初ためらうのも自然で、クンニリングスから始め、女性の抵抗感が薄くなった頃、フェラチオ、相互同時（69、なるべく肌を密着する）に進むのが望ましい。

男性はオーラル・セックスの時、唾を沢山出して、陰唇と陰核をサッキング（啜る）する。特に愛汁が少ない時に呼び水的役割がある。

▽潤滑液

愛汁の分泌は心理的興奮による。

唾液は一番の代理品で、蓋つき瓶などに溜めておくのもよい。

次によいのは精液、うまく使うとよい。

人工物では避妊ゼリー、ローションなどがある。

石鹸は膣保護上よくない。

▽アナル（肛門）

腸内細菌感染による膣炎や膀胱炎の危険があり、アナル・オーラルはアナル挿入とともに医師としては反対したい。

14 二人で楽しむテクニック

▽筆おろし

　ファルスの先で、大陰唇、小陰唇、陰門と順次こすればよい。陰核へはしっかり濡れたファルスの先で陰裂に沿ってうしろから前へ進め、うしろから前へを繰り返す。

▽陰唇プレイ

　図のようにファルスを陰裂に沿って横たえ、外唇と内唇でファルスを包み込むようにする。暫くは陰核には触れないが、愛汁がたっぷり出てから、クリスと小帯を擦り合わせるとよい。

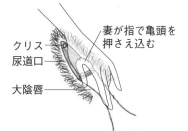

妻が指で亀頭を
押さえ込む

クリス
尿道口

大陰唇

▽二度いい挿入

　ゆっくり挿入してゆくと、カリが入る時、「いい」と妻が告げ、次に竿の少し太い部分が入る時、「またいい」と。

　これは膣口周囲の輪状筋が反射的に締まるためで、膣が育てられてからのもので、ゆっくり繰り返すとよい。

15　生涯夫婦性愛の各期

　結婚当初は学習と実体験期で互いの性器とその
種々相をよく観察する。
　相手の好み、喜ぶことを理解し感性を磨く。
　とくに二人でGスポットを探す（興奮していな
いと分からない）。
　夫の勃起時、会陰部海綿体を確認する。
　陰核膣口距離k（16頁）を夫の指の節で測る。

【育成期】
　膣を育てる。
　交接中、その他の時、妻は肛門を締める訓練を
続ける。
　膣の入口にある陰門収縮筋（17頁）は随意筋
なので、ファルス挿入時、妻は意識して膣口を締
める。

交接中、妻は意識を膣に集中し、膣壁でファルスをいつくしむように握ってあげる訓練をする。

　夫はファルスをピクピク動かし、尿道波を妻が外陰部や膣で感じられるよう感度を高める。

　初めはうまく出来ないが、歳月かけて回を重ねると、他では得られない「互いに相手を思いやる性愛」の基礎となり、プラトー期（24頁）を楽しみ合える。

　さらに、射精時、妻が締めてくる膣内への射精は、共有のより深い喜びとなり、それに続いて妻にもよりよいアクメが訪れる。

【高揚期】

　いろいろの体位などを二人で試して、自分たちに合うものを選び、マンネリ化を防ぐ。

　妻が上になる騎乗位は子宮が下がってくるので、ポルチオと亀頭が接触してくる。妻が外陰部を押し付けながら骨盤を前後に動かすと、ポルチオと亀頭がぶつかり合って、ポルチオアクメ（20頁）

に達しやすい。

【倦怠期】

　長い歳月では倦怠期がくるのは自然の理で、休止期と考え、セックスレスにしない。

【成熟期】

　子育て・教育も終わり、仕事もリタイヤすれば、夫婦性愛満喫の絶好機。それは高齢期でも。

16 中級テクニック

▽舟漕ぎ運動

　ファルス挿入位で、夫が会陰を妻の陰裂後部に密着させて、骨盤全体ですり上げる運動。両陰嚢は左右に開いて睾丸が圧迫されなくする。

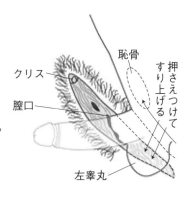

恥骨

クリス

膣口

押さえつけてすり上げる

左睾丸

▽交互二所攻め

　妻が開脚の正常位で、夫は体重を支え、ファルスを引き抜く。その際、陰裂を前へファル

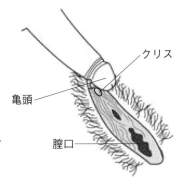

クリス

亀頭

膣口

ス背面で撫で上げる。クリスを亀頭前面と先端で
擦ると、妻が「それいい」と喜ぶのを確認。

先端を陰唇の間
に当てがい、上に
向けながらファル
スでGスポットを
撫でるように挿入
し、性器を押し付
けたまま膣の中で
上下左右に動かし

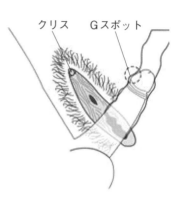

クリス　　Gスポット

て、また抜いてクリスを擦るのを繰り返す。

▽ブレンド・オルガスム
　妻が自分で、または夫が指やオーラルで、クリ
スを刺激して、妻がイキそうになったら挿入して
Gスポットをファルスで擦って、妻をアクメに達
してやる。

17　上級テクニック

▽三所攻め

　口、乳房、陰部ではなく、クリス、Gスポット、ポルチオを同時に刺激する。これには夫の深い思いやりとテクニックが必要で、充分に硬直したファルスを持続させて舟漕ぎ運動で三ヵ所を同時刺激するが、クリスがうまく刺激されない時は夫または妻が指での摩擦を加える。

▽四所攻め

　三所攻めに陰唇の同時刺激を加えるもので、妻は股を最大限に開き、ファルス根元が膣口にめり込むほど外陰部を強く擦り合わせて、舟漕ぎ運動でGスポットを擦りながらポルチオを突き上げる。
　クリス刺激は上と同じ。

18　射精コントロール法

　早漏は勿論、そうでない人も妻に大アクメやさ
ざ波を導くため、射精を遅らせる方法をいくつか
紹介しよう。

▽スクイーズ・テクニック
　（『THE LOVER'S GUIDE』より）
①射精寸前の切迫感を自分で認識するのはさほど
　難しくない。
②夫はマスターベーションで射精しそうになった
　ら、ペニス先端の小帯に２本の指を当て、親指
　を亀頭背面に当ててしっかり握ると、15秒ほ
　どで勃起が収まる。その後、再び勃起させる。
　これを繰り返すと射精までの時間が長くなって
　くる。
③次に妻の手でペニスをしごいてもらい、射精し

そうになったら
合図し、妻がス
クイーズ法で射
精を抑え再勃起
させ、それを繰
り返す。

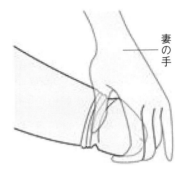

妻
の
手

④挿入時、女性上
位の騎乗位で男
性がイキそうになったら合図し、女性が素早く
ペニスを抜いて上記の方法で射精を止める。
これを繰り返すと男性自身で射精をコントロー
ル出来るようになる。

▽セマンズ法
（『DVD 女医が教える本当に気持ちのいいセック
ス』より）
①妻が手でペニスを刺激し、射精しそうになった
ら手を止め、快感が収まったら妻が手の動きを
再開。それを繰り返し４回目に射精する。

②ローションを使い、妻が手で刺激し、射精しそうになったら手を休め、収まったら再開し、4回目で射精。

③妻上位の騎乗位で挿入、夫は動かず妻が上下に動くのを支え、射精しそうになったら妻は動きを止め、収まったら妻が動きを再開。4回目に射精。

④正常位で同じようにして、4回目に射精。時間がかかるがじっくり取り組む。

▽妻による睾丸牽引法

（『サティスファクション』より）

　射精しそうになったら、妻が睾丸を口に含んでそっと足の方へひっぱると、射精を遅らせることが出来る。

19　妊娠中のセックス

　妊娠すると代謝や脈管活動が増進し性器も充血
するので、妊娠初期には女性の性欲が高まる上、
多くの女性は妊娠したことで、妻としての誇り、
母になる喜びによって、性への欲求が亢進する。
　男性がそれを理解せず、妻の妊娠を理由に風俗
へ行ったり、不倫に走るのはもっての外である。

　妊娠中のセックスは、性器の血行をよくして胎
児成育のプラスになるが、妊娠３ヵ月までは流産
の恐れがあり、出産予定前４週間くらいと産後６
週間くらいは交接休止期間とされている。
　出産立ち会いもいいが、妻や生まれる子供への
愛情の証としてセックスは大切で、休止中でも性
器に触れてあげるだけでもよい。
　交接する場合は過度の激しい行為や妊婦のお腹

を圧迫する体位は避け、また妊婦を疲れさせることは慎まねばならない。要は互いの心、とくに妻の心境をよく理解して自然な性生活を続けること。

　膣は細菌感染を防ぐ「膣の自浄作用」という酸性液が分泌されているが、妊娠中はそれが弱くなり感染性膣炎を起こしやすい。男女とも局所をきれいにしておくことは大切だが、女性はアルカリ性の石鹸を使わないでぬるま湯でよく洗うこと。
　アナル周囲はどんなに洗っても不潔なので厳禁。
　また、妊娠中、女性の局所はよりデリケートになっているので、指やその他の物を入れない。とくに爪は細菌がいっぱいついているし、傷をつけやすい。

　妊娠9ヵ月以降、妻のお腹が大きくなってくると、お腹を圧迫しないようにセックスしなければならないが、後背位や背臥位では妊婦は疲れてしまう。

いい体位は図の
ように妻がベッド
の端に両脚を垂ら
して股を開き、そ
の間に夫が立って
挿入する。この際、
妻の腰の高さは座
布団などで調整する。

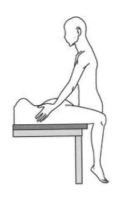

20　産後のセックス

　出産時、産道として広がった膣には、縫うほど
でなくても小さな傷が出来ていることがあり、産
後6週間は交接を慎みたいが、この時期こそ、妻
への思いやりが大切で、労わりの言葉とやさしい
セックス、例えば、マンマセックスなどが互いへ
の最大の贈り物となるだろう。

　6週間以後、挿入してみると、膣が緩んでいて
ファルスが圧迫摩擦されなくてアクメや射精に至
れないことが続き、夫婦ともにフラストレーショ
ンが溜まってしまう。

　これへの対処法の手っ取り早いのは、夫が自分
の指1～2本を添えて挿入し、指で亀頭をGスポ
ットに押し当ててピストン運動を続けるとよい。
指を清潔に、爪は短く切っておくことは言うまで
もない。

最上の性具として「肥後芋茎(ずいき)」（55頁）があっ
たが、今は手に入らない。その代用品として56
頁の編み紐をペニスの竿に巻き付ける方法がある。

21　脳科学の成果

　近年、脳科学では「愛し合う瞬間、脳内で愛の基礎となる三つの化学物質が分泌される」ことを解明した。

　人と人がジーッと見つめ合う時、双方の脳下垂体からオキシトシンという、愛と信頼のホルモン（絆ホルモン）が分泌され、さらに触れ合うとオキシトシンの分泌が多くなり、血液と唾液中に出てくる。

　性行為で快感を味わう（このため正しい性知識と思いやりが必要）と、ドーパミンという神経伝達物質が脳内に作られ、幸福感をもたらし、脳下垂体ホルモンで感覚を敏感にするバソプレッシンとオキシトシンがより強い愛の絆を感じさせる。

　妊娠中のセックスで母体が幸福感に包まれている時は、オキシトシンが胎盤を通って胎児の脳の

愛情領域を育てる。しかし、もし母体が憎しみを秘めているとオキシトシンは憎しみの領域も活性化するので母親の心境が大切である。

　妊娠中のセックスは夫婦と胎児、三つの心の絆となる。

22 倦怠期のセックス

　長い結婚生活では倦怠期はさけられない。

　女性は閉経などの身体的変化が性欲を低下させるが、逆に妊娠の心配がなくなって性欲が亢進することも少なくない。

　生活全体のマンネリ化は性行為にも飽きがくる。

　男性が仕事で時間的・心理的に家庭を顧みる余裕がないので、妻とのセックスを求めない、また体力的に妻の欲求に対応出来ないというケースが多い。

　リビドーの波が一致することは稀で、夫婦両方の倦怠期も別々にやってくるはず。それをうまく乗り越えられず、セックスレスになってしまうのではないだろうか。

【夫がしたいのに妻が疲れている時】

　まずは妻への労わりの言葉が第一。

　前戯も疲れている妻には「面倒くさい」となる。「よく頑張ってくれてありがとう」などのやさしい言葉で、妻の心が夫に向かってきてから抱き寄せ、「頑張ってる君、かわいいよ」などと妻をほめることが大切。

　疲れている妻は内心「自分の苦労を分かってもらえない」不満があるので、それをさり気なく聞き出すことが、妻の心をほぐし気持ちを紡ぐ術となる。

　ゆっくり時間をかけた心の前戯で、妻にその気が芽生え始めてから、強く抱きしめながら背中から腰、お尻へと手を回し、お尻を引き寄せて被服の上から性器を押し付けてゆく。

　疲れている妻には愛撫にせよ、交接にせよ、あまりしつこくするのは逆効果で、妻が早く終わりたいと思っているなら、36頁のブレンド・オル

ガスムで妻をイカせて、その膣の感触を楽しむに
は舟漕ぎ運動をじっくり続けるとよいだろう。そ
うすると妻に二度目のオルガスムが訪れて、共に
癒やしのコイツスとなることも。

【妻がしたいのに夫が疲れている時】

　男性の勃起は通常メンタルな刺激によって起こ
るが、フィジカル勃起法があり、以下に記すよう
に妻の協力で疲れている夫でも完全な勃起を起こ
させて妻が満足出来る。

〈フィジカル勃起法〉

　夫が図のように左手で
ペニスの根元を握り、右
手で会陰部海綿体の血液
をペニスへ送り込み、左
手で根元を締めて逆流を
防ぐ。それを繰り返して

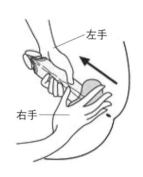

左手

右手

ペニスが大きくなってきたら、妻にやさしく尿道口を愛撫してもらう。

　すると夫のメンタル勃起が加わってやがて愛汁が出てくるので、妻は小帯から亀頭全体へ愛汁を塗って愛撫する。夫は血液の送り込みを続け充分大きくなったら、妻に根元を紐（56頁）で縛ってもらうと立派なファルスが出来上がる。

　あとは妻に任せて夫は仰臥位で寝ていればよいが、妻は自分と夫の気持ち──「今日は私イキたい、あなたは？」など、互いの心を確かめ、夫が疲れない程度に、例えば陰唇プレイなどで共に楽しんでから、夫もイキたいなら、正常位になって妻が指でクリスを刺激してアクメになり、「あなたイッテ」と射精を導く。

　夫が「イカなくていい」なら、騎乗位で妻は会陰を押し付けながら腰を前後に動かすと、ポルチオが亀頭で擦られ、快感を味わえる。

23　セックスレス亡国論

　最近、英国で"We are sexless as Japanese"
（我々はセックスレス、日本人のように）という
言葉が聞かれ、2008年、英国のコンドーム会社
で26ヵ国を対象に行った調査で「週1回以上性
生活がある」と答えた国民比率は、1位はギリ
シャ87％、日本は最下位の34％だった。性生活満
足度も世界平均44％で日本は15％だった。

　2007年、厚労省の調査も日本の夫婦三組に一
組はセックスレスで、増加傾向だという。

　原因にはいろいろ考えられ、第一に男性が仕事
に熱中し、時間的、体力的にセックス意欲が低下、
第二は住宅事情、第三には女性の心理、第四に性
を汚らわしいと考えるなど。

　だが、『セックスレス亡国論』（朝日新書）の著
者・鹿島茂氏が指摘するように、資本主義の異常

発達の結果、男性が「面倒は嫌だ、ラクしたい」と考え、自分の欲望が金で満たされる時代になった。資本主義は「面倒なことはやめよう」と魔法をかけながら、人間の本能を退化させてゆく。人類の歴史は面倒の回避と戦って子孫を残してきた──という論説に注目したい。

24　性具について

　長い人生、生活全体のマンネリと性行為自体に
も飽きがくるだろう。マンネリ打開には場所や雰
囲気を変えるのが有効とされ、野外セックスもい
いのだが、日本では軽犯罪となる。一番いいのは
二人きりの旅行で近場の秘境などあればいいが、
そんな場所は少ないし、何度も行けないだろう。

　性具を使ってみるのも一つの方法。バイブレー
ターやディルドー（張り形）、ペニスの先端、竿
の部分にイボイボのついたコンドームなどがあり、
ペニスリングやクリトリス刺激器もあり、気分転
換には有効だが、慣れてくるとより刺激を求める
ようになる。

　人間の欲望は増加・肥大する。通常の刺激に鈍
感・不感になる心配があるので、これら性具はあ
くまで一時的なものとして、本来の性器同士の心

を籠めた擦り合いに戻るための1ステップに留め
たい。

　日本に以前からある「肥後芋茎（ずいき）」は絶好の性具
で、とくに長い紐状の物の利点は、
　• 勃起を長く持続させる
　• 女性の不感症を治す
　• 膣の緩みへの対応
　• 早漏への対策
　• ペニスと膣の生接触感
などがある。
　現在は入手困難なため、直径が4㎜くらいの編
み紐（少し弾力がある物）で代用するとよい。芋
茎も紐も女性器が充分濡れてから交接すること。

　　　紐
（長さ約70㎝）

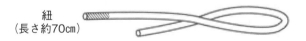

使い方はいろいろ工夫するとよいが、下の図を参考に基本的にはファルスを縛ること。

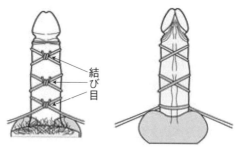

結び目

※紐の真ん中で環状溝を２周させて紐を縛る。竿の部分で交差させて巻きながら根元の背面でしっかり紐を縛る。

高齢者や勃起不充分にはペニスの根元を紐で縛るとよい。さらに根元背面で、いくつかの結び目を重ね、ｋの長さ（16頁）に合わせ、挿入時、クリスをうまく擦るようにする。

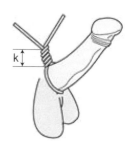

k

25 性病について

　性交感染症で一番の問題はエイズである。

　エイズ（後天性免疫不全症候群）はHIV（ヒト免疫不全ウイルス）に感染すると、細菌やウイルスに対する重要な免疫細胞であるTリンパ球を直接攻撃し、そのDNAの中に入り、長く潜伏して自分と同じウイルスを作り、やがてリンパ球を破壊して血流に出て別のリンパ球を攻撃するので、免疫系が破壊されて、重い肺炎を発症し死に至るか、後遺症を残す。

　現在まだ根本治療はないが、一日1回飲めば発症を抑えられる薬が出来ている。しかし、薬の副作用で足のしびれなどがある。

　1年に1000人ほどが感染してゆくが、隠れた感染者が増えているという。

また、クラミジア感染症が性器の病気に留まらず、血流によって肝臓などに侵入し、重篤な病気の原因になってきている。

　　　安全で深い性生活は、一生をかけた
　　　　　　夫婦愛への天与の宝物

　九州・宮崎県小林市東方にある「陰陽石」（72頁）を見ることが出来るパワーポイントガーデンに『愛石コレクション　竹中倭夫記念館』が平成27年３月末完成した。

　その入口に『3S ドクトリン』（5頁）を掲げ、来観者に愛石の解説とともに私の人生訓を説明した。その話は大多数の来訪者に共感を呼んだ。

　とくに東京から来た壮年の男性は私の手を握りながら「我が人生、間違っていました」と自らの人生を語り、『3S ドクトリン』の額と私の写真を撮っていった。また、一人で来たキャリアウーマンは「興味本位で来ましたが、大変深い人生訓を聴いて感動しました」と握手を求めてきた。

　「陰陽石」を訪れる人の多くは興味本位のようだが、ビジターズ・ノートには「いい子が生まれますように」とか「安産でありますように」と、真

剣な願いが残されている。

「陰陽石」があるスポットガーデンには、「この地は地球の歴史と共に "生命の大切さ、お互いを尊重する心" を伝えている様です。すべての生命の因 "生命発祥の聖地" として」との理念を表示。東国原英夫元宮崎県知事が「宮崎県自然遺産」に指定している。

「女男（男女ではなく）和合」「家庭円満」「子宝祈願」のパワースポット「陰陽石」では、単に興味本位の観光地にしないためにも、私は真面目な人生論に加えてまともなセクソロジーに基づくセックス・アドバイスを試みた。

よいセックス、悪いセックス、普通のセックスがあるが、今の日本人の普通のセックスは悪いセックスに近いのではないか。悪いセックスの代表は父親による娘の性被害だろう。

セックスの商品化、エゴ的欲望をそそるセックス情報、いかがわしい秘め事とする古い道徳通念などに洗脳されている日本人のセックス知識は稚

拙なものだと、この体験で痛感させられた。これが本書刊行の端緒である。本書はいわゆるエロ本ではない。類例のない実際的指南書である。

例えば、勃起不全（病的なものは除く）に対する補強器は強い吸引力で膨らませるというが、実用的でない。本書は独自の「フィジカル勃起法」（50頁）を提案。さらに夫婦間の気持ちの不同時への対処法や産前・産後のセックスなど、夫婦にとって深刻な問題に医学的教示をしている。

挑戦的幸福を目指すカップルへのエールとなれば幸甚です。

◆主要参考文献◆

更科 功『絶滅の人類史』（NHK出版新書）

高橋 鐵『続あるす・あまとりあ』（あまとりあ社）

宋 美玄『DVD 女医が教える本当に気持ちのいいセックス』（ブックマン社）

Dr.Andrew Stanway/ 早野依子・訳
『THE LOVERS' GUIDE』（本の友社）

アダム徳永『DVD アダム徳永 スローセックス エヴァ・テクニック for WOMEN』（マクザム）

キム・キャトラル、マーク・レヴィンソン
『サティスファクション』（エクスナレッジ）

ナショナル ジオグラフィック編
『DVD 人体の不思議』『DVD ウイルスの不思議』
　　　　　（日経ナショナルジオグラフィック社）

鹿島 茂、斎藤珠里『セックスレス亡国論』
　　　　　　　　　（朝日新書）

補遺　私が行ったアドバイスの実例

（a）妊娠中のセックス

　妻が妊娠5ヵ月という若いカップルに、
「妊娠中のセックスは、どうですか？」
「どうって？」
「どういう考えですか？」
　二人とも首をひねっている。
「これから先5ヵ月間、君はどうする？　禁欲ですか？　それとも風俗ですか？」
　夫は困って逃げ腰、妻は真剣に、
「しても、いいんですか？」
「そうです。むしろすべきなんです」
「ほんとですか？　大丈夫なんですか？」
「いいセックスなら、大丈夫です」
　夫はモジモジしているが、妻は必死で「お願いします」と。

「まず、セックスは女性性器の血行をよくし、胎児への酸素、栄養の補給を盛んにするので、妊娠中はセックスすべきなんです。本来、お互い思いやりのあるセックス、つまり男性は女性の、女性は男性のために行うのがいいセックスで、心を通わせながら行う性行為では、脳内ホルモンのオキシトシン、これは絆のホルモン、愛情ホルモンと言われますが、それは沢山血液中に出てきます。そして胎盤を通して胎児の脳にも働きます」

「そうなんですか！」と妻の目が輝いてきた。

「ただし、このオキシトシンは脳の愛情領域を活性化すると同時に、憎しみの領域も活性化してくる。もし、母体が内心に不安や憎しみを感じていると、胎児にも憎しみの心が強くなってしまいます」

　初めて夫も耳を傾けてきた。

「君は違うだろうが、世の男性の多くは妻の妊娠をチャンスとばかり、風俗へ行ったり、不倫に走ったりしてしまうが、妻は一人淋しく胎児を育て

生むという大変な仕事を続けているんです。夫が
浮気していると分かったら妻の心には憎しみがいっぱいで、胎児の脳の発育に悪影響となるのです」

　夫は黙って下を向いていた。

「大切な赤ちゃんへの思いやりをこめて、妻への
愛情をさらに深める、いいセックスをしましょう」

　夫が軽くうなずいた。

「なかなか聞けない、いいお話をありがとうございました。もう時間がきましたので」

　二人は急いで帰って行った（ここは観光ルートで滞在時間が30分となっている）。

　私はさらに医学的注意事項を伝えたかったのだが……。

（b）新婚ホヤホヤの若夫婦

　時間があると言うので、（a）のように妊娠中
のセックスへの指南をしてから、
「妊娠３ヵ月はまだ流産しやすいので、注意して
下さい」
「してはいかんと言うことですか？」
「いや、慎重に、ということ」
「どういう？」
「激しい行為は禁物。奥さんを労わる心が大切で、
セックスは挿入や射精だけが性行為ではない。互
いの性器に触れ合うだけでも心を通わせれば、愛
情に包まれた安らぎが得られます。そして４ヵ月
以降のめくるめくセックスへ期待を膨らませてゆ
くのも、いい夫婦生活でしょう」
「なるほど、心が大切なんですね」
「女性は妊娠中、性欲が高くなると言われます。
４ヵ月から８ヵ月間は本当に大切な夫婦の絆と、
大事な赤ちゃんを育ててゆく、いいセックスをし

ましょう」

　二人とも真剣になったので医学的注意事項を次のように伝えた。

＊膣はばい菌感染を防ぐ膣の自浄作用という酸性液が分泌されているが、妊娠中はそれが弱くなり、感染性膣炎を起こしやすい。男女とも局所をきれいにしておくのが大切だが、女性はアルカリ性の石鹸を使わない。ぬるま湯でよく洗うこと。アナル周囲はどんなに洗っても不潔なので厳禁。

＊妊娠中、女性局所はデリケートになっているので、指やその他の器具を入れない。とくに爪は周りにばい菌がいっぱいついている。また、傷をつけやすい点からも厳禁。

＊外陰部刺激による快感は生理的で、内陰部刺激は心理的快感を呼び、経験の初めは外陰部快感のアクメ（極致）が主だが、次第に内的、心理

的なものへ移ってゆく。

＊夫婦性愛は生涯50年に亘って深めてゆくべき
　もので、心理的快感がより重視される。

＊性病予防のコンドームは不完全で、純潔同士の
　夫婦性愛が一番である。

（ｃ）元気な若夫婦へ

　新婚１ヵ月というカップルに、
「セックスうまくいってる？」
「快調です」
「ＡＶ見るの？」
「はい、見てます」
「ＡＶのようにやってる？」
「そうです。最高です」
　二人して自信げに微笑んだ。
「あんなやり方は、マラソンなのに、短距離のよ
うにダッシュするようなもんで、やがて減速し、
最後は脱落する。欲望はエスカレートするので、
さらに強い刺激が欲しくなり、外へ求めるように
なって、セックスレス夫婦になってゆく」
「ヘーッ、そうなんですか？」
「ＡＶは見せる目的だから撮影が優先する。互い
の肌と肌を密着させるほど、絆のホルモンである
オキシトシンが沢山出てくるんで……」

「オキシトシン？」

「セックスは愛情ホルモンのオキシトシンや幸せ感をもたらすドーパミンという脳内ホルモンを分泌するんです」

「でも、どうして AV はダメなんですか？」

「昔から女性はお琴で、男性はその弾き手に例えられている。見様見真似でプロの奏者のように弾いてみると、音は出るけどいい音ではない。基本技術の練習を重ねてだんだんいい音になり、紆余曲折を経て初めて極上の音色を導き出せるようになる。セックスも二人で協力して工夫し、経験を積んでゆくと、女体は次第に名器となることでしょう」

「なるほど、自分らなりに努力を積み重ねることなんですね」

「名器は特別な構造のものと言う人がいますが、それは間違いです。女性は誰でも、男性の弾き方次第で名器になる可能性があります」

「名器というのは、どういう？」

「それは君たちで生涯かけて探り当てて下さい」

「そんなにかかるんですか？」

「AVのような激しい、刹那的性行為では到底達することは出来ないでしょう。深く秘められた人生の宝物なのです」

　夫は真剣な顔つきで考え込んでいたが、

「時間がなくなってしまいました。ほかでは聞けない貴重なお話、ありがとうございました」

　繋いだ手を振り合いながら、二人は去って行った。

補遺　陰陽石について

　宮崎県小林市東方には、世界的にも珍しい男女のシンボルが一塊となった岩（溶結凝灰岩）がある。高さ17.5m・胴回り12.7mの巨大な男根が天を突くように直立している。その下に男根の大きさにふさわしい女陰が斜めに延びて寄り添っている。正に男女和合の象徴的自然造形石である。

　ここは小林市の観光ルートの一環として、戦後、昭和40年代までハネムーンの聖地で、大勢の新婚さんが訪れたが、その後、ハワイ、沖縄に取って代わられ、次第に訪問客が減少した。

　平成21年3月、東国原英夫宮崎県知事によって、生命の起源、生命の大切さ、お互いを尊重する心、すべての生命の因〝生命発祥の聖地〟として「宮崎県自然遺産」に指定された。

江戸時代後期に薩摩の国・島津藩が陰陽石版画を出版している。

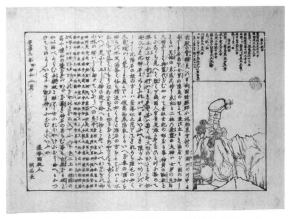

慶応三年　島津藩より出版された版画（解説図）

〈陰陽石所在地図〉

宮崎県小林市東方3332-5

スポットガーデン陰陽石

（取締役　池田政憲）

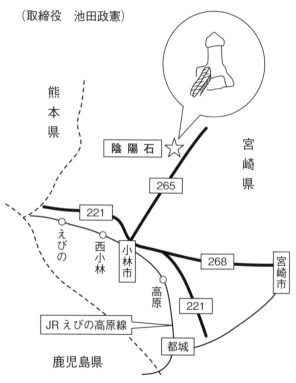

著者プロフィール

竹中 倭夫 <small>(たけなか しずお)</small>

筆名：凧青二（いかのぼりせいじ）　俳号：竹中靜二
大正15年9月6日、三重県生まれ
旧制第八高等学校、名古屋大学医学部卒。医学博士
愛知県名古屋市在住
医療民主化を生涯の目標とし、大衆的資金により、医療法人名南
病院を設立。心を救う臨床外科30年
【既刊書】
『日本俳人文庫第8集「にしき火」竹中靜二集』
　　　　　　　　　　　　　　　　　　近代文藝社　平成2年
『夕焼け横丁　外科医のカルテ』同時代社　平成7年
『詩をよぶ石（愛石文化序説）』大橋コロタイプ　平成12年
『医愛劇場 ロゴスとエロスのパッション物語』文芸社　平成20年
『命かがよう　ハツラツ人生ウィルな終命』文芸社　平成21年
『命愛おし　ピチピチ活きて平常死』文芸社　平成22年
『竹中倭夫の私は「楽らく死」を望みます』文芸社　平成23年

セックス・アドバイザーが届ける 幸せ夫婦のセックスライフ

2022年1月15日　初版第1刷発行

著　者　竹中 倭夫
発行者　瓜谷 綱延
発行所　株式会社文芸社
　　　　〒160-0022　東京都新宿区新宿1−10−1
　　　　　　　　　　電話　03-5369-3060（代表）
　　　　　　　　　　　　　03-5369-2299（販売）

印刷所　株式会社暁印刷